세상에 오직 하나뿐인
소중하고 사랑스러운
우리 아가

_____ 에게

사랑해, 사랑해.
우리 아가를 사랑해.

발끝까지 너를 사랑해.

네가 행복할 때나

슬 플 때나

말썽을 부릴 때나

심술을 부릴 때도
너를 사랑해.

네 손가락과

네 발가락을
사랑해.

네 귀와

네 코와

네 머리카락과
네 눈을 사랑해.

네가 깔깔 웃거나

앙앙 울어도

네가 쿵쾅쿵쾅 뛰거나

살금살금 걸어도
너를 사랑해.

네가 조용히 있거나

재잘재잘 떠들어도
너를 사랑해.

사랑해, 사랑해.
우리 아가를 사랑해.

어제도, 오늘도, 내일도
언제까지나 너를 사랑해.

버나뎃 로제티 슈스탁

신문사와 잡지사에서 기자와 편집자로 일했으며, 1995년 '뉴욕언론협회상'과 2006년 '미국교육용완구상' 금상을
각각 수상했다. 지은 책으로 베스트셀러 그림책 『사랑해 사랑해 사랑해』가 있다.

캐롤라인 제인 처치

영국 옥스퍼드에서 태어나 런던에서 디자인을 공부한 뒤, 어린이책 만드는 일에 열중하고 있다.
그린 책으로 베스트셀러 그림책 『사랑해 사랑해 사랑해』와 『사랑해 모두모두 사랑해』, 『아주 특별한 너에게』, 『가랑잎 대소동』,
『넌 사랑받기 위해 태어났단다』 등이 있다.

신형건

경기도 화성에서 태어났으며, 경희대학교 치의학과를 졸업했다. 1984년 '새벗문학상'에 당선되어 문단에 나왔으며,
대한민국문학상·한국어린이도서상·서덕출문학상·윤석중문학상을 받았다. 지은 책으로 동시집 『거인들이 사는 나라』,
『배꼽』, 『엉덩이가 들썩들썩』, 『콜라 마시는 북극곰』, 비평집 『동화책을 먹는 치과의사』 등이 있으며, 옮긴 책으로
『사랑해 사랑해 사랑해』, 『쌍둥이 빌딩 사이를 걸어간 남자』, 『아툭』, 『이름 짓기 좋아하는 할머니』 등이 있다.

아기그림책 보물창고 1
사랑해 사랑해 사랑해

초판 1쇄 2006년 12월 20일 | 초판 39쇄 2012년 9월 10일
지은이 버나뎃 로제티 슈스탁 | **그린이** 캐롤라인 제인 처치 | **옮긴이** 신형건 | **펴낸이** 신형건
펴낸곳 (주)푸른책들 | **등록** 제321-2008-00155호 | **주소** 서울특별시 서초구 양재천로7길 16 푸르니빌딩(양재동 115-6) (우)137-891
전화 02-581-0334~5 | **팩스** 02-582-0648 | **이메일** prooni@prooni.com | **홈페이지** www.prooni.com
ISBN 89-90794-52-8 77840 *잘못된 책은 구입한 곳에서 바꾸어 드립니다.

I Love You Through and Through by Bernadette Rossetti-Shustak, Illustrated by Caroline Jayne Church
Text Copyright © 2005 by Bernadette Rossetti-Shustak
Illustrations Copyright © 2005 by Caroline Jayne Church
All rights reserved. This Korean edition was published by Prooni Books, Inc. in 2006 by arrangement with Scholastic Inc.,
557 Broadway, New York, NY 10012, USA through KCC(Korea Copyright Center Inc.), Seoul.
이 책의 한국어판 저작권은 (주)한국저작권센터(KCC)를 통한 저작권자와의 독점 계약으로 (주)푸른책들에 있습니다.
저작권법에 의해 한국 내에서 보호를 받는 저작물이므로 무단 전재와 복제를 금합니다.

이 도서의 국립중앙도서관 출판시도서목록(CIP)은 e-CIP홈페이지(http://www.nl.go.kr/ecip)와
국가자료공동목록시스템(http://www.nl.go.kr/kolisnet)에서 이용하실 수 있습니다.
(CIP제어번호: CIP2006002421)

보물창고는 (주)푸른책들의 유아, 어린이, 청소년 도서 전문 임프린트입니다.

초록우산 (주)푸른책들은 도서 판매 수익금의 일부를 초록우산 어린이재단에 기부하여 어린이들을 위한 사랑 나눔에 동참합니다.